Un mois et six jours

Halima Ghériballah

" Je veux écrire ce que nous avons vécu pour exorciser, pour donner la parole à ceux et celles qui ont été aussi terrassés et n'ont pas su, pas pu l'exprimer. Je veux donner forme à cette autre facette de la vie, celle de la mort intrinsèquement liée à la vie, et finalement accrochée à nous tous, comme cette masse sur le pancréas de Maman. Comme une allégorie."

© 2017, Ghériballah, Halima
Edition : Books on Demand,
12 / 14 rond point des champs Elysées, 75008 Paris
Impression : BoD - Books on Demand Norderstedt, Allemagne
ISBN : 9782322081448
Dépôt légal : août 2017

PREAMBULE

Je connais l'inéluctable, pénétrant, impuissant, écœurant.
L'impuissance humaine.

Je connais l'inéluctable.

Je l'ai connu le 16 septembre 2013.
Ce jour-là, le monde ne s'est pas arrêté de tourner.

Le mien, si.

Nous sommes dernière semaine d'août. Maman est venue passer une dizaine de jours, comme chaque année, chez moi, en Charente-Maritime. Elle n'arrive pas à manger, se sentant dès les premières bouchées, rassasiée. Elle vomit souvent. Elle est très fatiguée, se lève entre 10h et 11h, ce qui ne lui ressemble guère. Mon médecin pense à une crise de foie. Maman pense à la vésicule biliaire et s'en inquiète. Je lui dis que c'est un moindre mal, que ça se soigne bien. Je la rassure, n'étant moi-même pas du tout soucieuse, restant confiante.

Lorsque Maman est entrée à l'hôpital le 1er septembre, à aucun instant, aucun, nous n'avons envisagé la mort. La mort, ce n'était pas pour nous. Le malheur, c'est pour les autres, c'est bien connu. Ainsi, ce fut d'abord les, je cite "très très alarmants" résultats de prises de sang, le fameux nombre démesuré de plaquettes. Première grande gifle, cœur qui bat, sang qui se glace. Mais bon, Maman est parfaitement vaillante, elle n'arrive pas à manger mais elle est debout, parle, vit, dort, mais elle ne peut pas manger. On se conforte dans l'idée de la vésicule biliaire. Puis, évidemment, une IRM. Maman étant allergique à l'iode, l'image est donc de mauvaise qualité mais on voit tout de même une masse accrochée au pancréas de notre Mère.

Et c'est à ce moment que le mot obscène de "cancer" est prononcé, ce mot tant redouté, ce mot tellement définitif. A nouveau, une gifle, plus cinglante, plus sèche, sans appel. Le malheur commence à se dessiner, à se rapprocher mais nous ne le savons pas encore. Nous avons reçu de plein fouet ce pseudo-diagnostic. "Pseudo" car, pour l'instant, il ne s'agit que d'une très forte présomption, d'une forte probabilité et ça nous laissait de l'espoir. Comment ? Parce que nous apprenions chaque mauvaise nouvelle avec assez de temps entre elles pour les entendre chacune à leur tour, s'en désespérer, les comprendre, les accepter, les assimiler puis retisser un espoir, aussi mince fût-il ! Ainsi donc, après l'abattement, nous nous faisons à cette nouvelle, et nous cherchons une issue. Rien n'est perdu. Grand nombre de gens vit avec un cancer et encore, plusieurs années. Alors, très vite, nous nous laissons pénétrer par une lueur d'optimisme. Nous visualisons la chimiothérapie et autre, la vie qui, malgré tout, continue, même bancale et nous ferons comme les autres, nous nous battrons et gagnerons au moins quelques années. Mais j'ignorais que peu voire pas, quand il s'agit du pancréas, en réchappe. A ce stade du diagnostic, je quitte la Charente Maritime et vais rejoindre mes deux sœurs et mon père, en région parisienne, pour les assister et être auprès de Maman.

A partir de son entrée à l'hôpital, le 1er septembre donc, tout s'est accéléré, de façon, oserais-je dire "exponentielle", adjectif inadéquat dans ce contexte mais tellement efficace dans sa signification. Maman est dans un hôpital public, dans le 13ème arrondissement, où elle s'est mariée ! Ma petite sœur C. et moi, allons à l'hôpital dès l'ouverture 12h00 et restons jusqu'à la fermeture 20h00. Bien sûr, nous traînons un peu, Maman ayant toujours eu horreur de la nuit et la supportant encore moins à l'hôpital. Nous demandons s'il est possible de dormir auprès d'elle et la réponse, merveilleuse, "nous n'autorisons les proches à dormir auprès du malade que lorsqu'il n'y a plus d'espoir, ce qui est loin d'être le cas de votre Mère" nous a figées... de soulagement. Ainsi donc, il n'y pas danger, nous nous étions affolées. Cette masse n'est, finalement, peut-être pas un cancer, mais juste une masse de graisse, comme ce fut le cas dernièrement, m'a-t-on rapporté, à Marseille. Alors, ce malheur, il n'est pas pour nous ? Tous les jours, nous allons à l'hôpital. Maman est très fatiguée mais dans l'ensemble, elle va plutôt bien. Nous discutons, regardons les émissions culinaires, étant toutes deux passionnées de cuisine, nous débattons... Elle ne mange toujours pas. Elle ne mangera plus. Mais, elle est toujours vaillante.

Le 4 septembre, j'ai 50 ans. C'est un mercredi, je suis au chevet de Maman. Tout avait été organisé pour fêter cet anniversaire le samedi 7, trente invités. Maman et moi avions, lors de son séjour chez moi en août, soigneusement mis au point le menu et la liste des courses. Elle voulait s'habiller de neuf, pour l'évènement, comme elle disait, et s'était acheté un ensemble ; pantalon blanc, chemise bigarrée, collier. Tout est dans ma penderie, avec les étiquettes toujours épinglées... Le samedi 7, l'ombre d'une fête passe furtivement. Elle laissera à jamais les traces de son inexistence. Le mercredi 11, on fait subir à Maman une biopsie. Nous sommes sur le pied de guerre, son cœur étant très fragile, les médecins craignent l'anesthésie. C. et moi passons la journée à attendre son retour du bloc. Elle revient. Quelle résistance ! Je dois repartir en Charente-Maritime, je fais un aller-retour. Je pars le vendredi 13 et retourne à Paris le lundi 16.

Lundi 16 septembre, C. vient me chercher à Montparnasse. Aujourd'hui, les résultats de la biopsie. Nous sommes convaincues que ces 15 jours ont été une erreur d'aiguillage de la vie, Maman ne peut avoir de cancer. Nous le voulons tellement que nous finissons par le sentir en nous, comme une intuition puissante, indétrônable. Nous arrivons au chevet de Maman. A 15h00, notre père et sœur aînée M. nous rejoignent. Nous sommes dans le couloir pendant que des soins sont effectués à Maman. La jeune médecin vient à notre rencontre et nous demande un entretien. C. et notre père n'ont pas le courage d'assister à cette entrevue. M. et moi pénétrons dans le bureau.

A partir du franchissement de ce seuil, il y aura un avant et un après. Ce que nous allons vivre, des milliers de gens l'ont vécu, nous n'avons rien inventé.

Pas d'apitoiement, pas de lamentations, pas de victimisation, ni de pathos, juste le face à face avec l'indicible. Ce 16 septembre à 15h00, ma sœur aînée et moi sommes assises en face des deux médecins femmes qui suivent notre Mère depuis son hospitalisation.

Dossier ouvert devant elles.

Une des deux médecins prend la parole et avec une voix très douce, une prononciation lente, calme, ses yeux bleus fixés sur nous : "Nous avons affaire à un cancer très agressif. Très avancé et irréversible. Il est des catégories sournoises car on ne le détecte que lorsqu'il est trop tard. C'est un cancer fulgurant". J'imagine le courage qu'il a fallu à cette jeune médecin, pour d'une traite, annoncer à deux filles la condamnation de leur Mère.

M. s'effondre sur le bureau : "Mon Dieu, Mon Dieu ! "

L'effroi me prend tout entière. Je me lève, tendue comme un ressort : "Quand vous dites "fulgurant ", vous voulez dire que, par exemple, Maman ne sera pas avec nous à Noël ? "

"Oui, c'est ça ! "

Maintenant je sais qu'elle n'a sans doute pas osé me dire, "ni Noël, ni même novembre". Chaque chose en son temps. Pas à pas, nous arriverons au pire et entre chaque pas, nous saurons absorber chaque choc pour continuer, comme lorsqu'on gravit une montagne, ne pas regarder le sommet, seulement là où l'on met le pied. M. reste prostrée, affalée sur le bureau, je lui tapote l'épaule, la secoue légèrement et m'entends lui dire "ressaisis-toi". Je suis glacée et glaciale. Je sors du bureau, comme hypnotisée. Je vais rejoindre Maman, la voir, là, vivante, comme pour conjurer le verdict. C., ma petite sœur fait barrage devant la porte, elle veut savoir. J'essaie de la dissuader de vouloir savoir, là, debout, au débotté, je l'invite plutôt à aller à la cafétéria, notre fief depuis le 1er septembre. Mais elle s'obstine, férocement, ai-je envie de dire. Alors, debout, devant la porte entrebâillée de la chambre de notre Mère, alors que Maman est dans son lit, qui regarde tranquillement son émission culinaire préférée, bien vivante, nous attendant : "Tu veux vraiment savoir, là, maintenant ? Maman ne sera pas avec nous à Noël". C'est tout ce que j'ai trouvé à lui dire. Je suis dans le couloir. Dans un recoin, je m'assieds à même le sol et me laisse aller à l'horreur de la nouvelle qui commence à faire son chemin en moi. Et c'est aussi moi qui l'annonce à notre père. Ce soir-là, on nous propose de dormir avec Maman...

A partir de ce soir-là, nous, C. et moi ne la quitterons plus. Le compte-à-rebours va commencer mais nous ne serons pas seuls à le vivre. Nous aurons la chance de pouvoir placer Maman dans un superbe hôpital de soins palliatifs dans le 16ème arrondissement de Paris où elle a vécu adolescente, boucle qui se referme, et, dans cette implacable course, nous allons combattre et dériver tout à la fois, côte à côte avec une famille embarquée dans la même tourmente, la même attente inexorable.

"LE BATEAU IVRE*"

C'est là le sujet de ce petit ouvrage, le préambule étant indispensable pour poser la situation.

Le jeudi 19, nous arrivons dans le 16ème où nous sommes accueillis par une équipe de choc. Médecins et psychologue nous prennent immédiatement en charge. Ils sont très attentifs à nos questions, tout en nous expliquant clairement la situation. "Bon, votre Maman, en s'adressant à mes sœurs et à moi, votre femme, en s'adressant à notre père, a un cancer au pancréas, comme vous le savez. C'est affreux, il y a des métastases partout, c'est une horreur, ce ne sera pas long d'ailleurs". Le tout ponctué d'un grand sourire et d'une très grande décontraction. Nous sommes tétanisés et n'en revenons pas d'une telle légèreté, d'une telle brutalité. Cependant, le ton reste très humain. Même si la situation est posée sans ambage et abruptement, nous sentons bien qu'ils sont sensibles, réceptifs à nos réactions, proches de nous. Ce que nous avons pris pour de la légèreté, de la brutalité, ne sont que les mots simplement prononcés, sans circonvolution, sans enrobage, les mots qui désignent, qui pointent, qui montrent. Ce sont des spécialistes de la fin de vie. Et ce ton, ces mots qui semblent flirter avec la désinvolture, ces mots, comme des crocs, se veulent peut-être, dans leur bouche, rassurants parce qu'ils disent tout simplement la vérité, que nous la savons déjà et qu'il faut bien l'entendre et l'intégrer. De toute évidence, et parce que nous sommes restés aux côtés de cette équipe dix-huit jours, je sais que ce n'était surtout pas de l'indifférence, et surtout pas du désinvestissement, non, c'était leur façon de banaliser la mort, parce qu'elle est chevillée à nous dès notre naissance, c'était leur façon de nous faire accepter l'inacceptable, de dédramatiser ce qui pour eux est leur quotidien et va devenir le nôtre pendant ces dix-huit jours.

*Merci à Arthur Rimbaud à qui j'emprunte ses mots qui illustrent la tempête qui va nous traverser et que nous allons traverser.

Je l'ai compris immédiatement, même si nous étions atterrés et atrocement violentés, je l'ai compris parce que ces quatre médecins, et, je le répète, j'ai pu le constater par la suite, étaient profondément humains et connaissaient la mort et notre souffrance. Mais ils se devaient de la dépasser, en tant que professionnels mais aussi pour pouvoir nous assister, nous aider dans ce chemin que la vie nous a obligé à emprunter, et même "empreinter". Et ce même jour de préciser que Maman sombrera dans le coma et ne s'en réveillera plus. C'était ainsi que ce cancer opérait. Nous sommes retournés auprès de Maman qui était très heureuse, la chambre lui plaisait beaucoup. Il y avait un balcon et des arbres. Elle disait que la vue depuis le balcon sur les arbres lui rappelait St Raphaël. Quand l'hôpital public du 13ème s'est occupé de placer Maman dans ce centre de soins palliatifs, nous avons imposé deux conditions sine qua non :

que Maman n'entende jamais le mot "cancer" et que nous deux, C. et moi puissions dormir auprès d'Elle, ce qui n'était pas gagné. En effet, il est de rigueur dans ces centres de fin de vie que le patient soit parfaitement au courant de son état de santé et il n'est pas bien vu, donc plus ou moins autorisé, que quelqu'un dorme avec le patient, alors deux personnes !

Nous avons eu beaucoup de chance car ces deux conditions ont été acceptées. Cela dit, le premier soir, lorsque j'ai demandé un lit, la femme de service à qui je me suis adressée, m'a fait une petite leçon de morale, fort édifiante : "vous savez que c'est une très mauvaise idée que de vouloir dormir avec votre Mère " ! Je n'ai même pas répondu tant cette phrase a été et est restée une énigme. J'ai juste dit "où est le lit, je vous prie ?". Voyant mon visage fermé et mon ton sans réplique, elle n'a, je crois, pas osé insister. C'est une très mauvaise idée que de vouloir assister sa Mère dans ses derniers jours, de l'accompagner, de la choyer, de lui prendre la main sur son dernier sentier, comme elle a pris la mienne sur mon premier ? C'est une mauvaise idée ? Vraiment !

C., ma petite sœur, et moi nous sommes donc installées. Je lui ai laissé le lit et j'ai dormi dans un fauteuil, en attendant que des amis nous ramènent un lit de camp. Nous avons recréé dans cette chambre, intime par sa petite taille, un foyer chaleureux. Sur un genre de desserte, il y avait gâteaux, fruits, confiseries, café, thé, et des fleurs, beaucoup de fleurs, jusque sur la terrasse. Maman, dans son lit, et ses deux filles, de chaque côté, comme des chiens de garde. C. et moi nous occupions de notre Mère et M., notre grande sœur, avait pris en charge l'intendance. Elle lavait notre linge et nous le ramenait. Dans cet hôpital de soins palliatifs, tout était feutré, du bruit jusqu'aux lumières. Nous étions au quatrième étage. Au sortir de l'ascenseur, un joli petit salon couleur saumon nous accueillait, puis un long couloir qui nous amenait à un autre petit salon jaune, puis la pièce du personnel, un autre petit salon vert, quatre chambres et la salle, dite de vie, pour les visiteurs. La salle de vie ! Comme son nom a résonné étrangement dans ce contexte de fin de vie. Cette salle de vie était entièrement pensée pour le confort des visiteurs : immense canapé-lit, télévision, réfrigérateur, micro-ondes... Les médecins de cet hôpital ont mené un vrai combat pour qu'elle existe. Et nous les remercions. Cette pièce équipée nous a terriblement facilité la vie. Le personnel était vraiment, comme on dit, aux petits soins des patients. C'était une bénédiction, un soulagement de savoir notre Mère dans de si bonnes mains. Les infirmières s'occupaient tellement bien de notre Mère, elles lui faisaient prendre sa douche quotidiennement, la massaient, la changeaient. A l'hôpital public, c'est C. et moi qui nous acquittions de la toilette de notre Mère, et ça rendait bien service au personnel visiblement débordé. Nous savions où se trouvaient les serviettes, le change, enfin tout. Nous naviguions dans cet hôpital comme des habitués. Nous prenions notre douche dans une grande salle de bains, ordinairement réservée aux patients, et traversions les couloirs, enveloppées dans nos serviettes. Les visiteurs, médecins, infirmiers... ne manquaient pas de se retourner sur notre passage, étonnés et nous nous en amusions, je crois.

Quand, à notre arrivée dans ce centre palliatif, C. et moi avons cherché nos marques pour faire la toilette à notre Mère, nous nous sommes entendues dire, très gentiment, par les infirmières elles-mêmes, que ce n'était pas notre rôle, qu'elles étaient formées pour ce faire, que c'était leur métier et qu'en plus elles adoraient s'occuper de leurs patients. Oui, nous étions doublement soulagées. Et il y avait une salle de bain dans la chambre de Maman. Un confort inestimable pour nous. La manucure passait une fois par semaine pour Maman, ravie, et aussi une merveilleuse violoncelliste qui jouait les morceaux à la demande. Maman adorait la Callas et des airs italiens, étant elle-même italienne. Elle soupirait d'aise et nous a même gratifiées d'un "comme je suis bien ici". De quoi nous réjouir ! Elle souffrait, bien sûr, mais un minimum, du moins je l'espère ou veux le croire, le crédo de ce centre étant d'annihiler à tout prix toute souffrance chez le patient. Dès que nous sonnions, 10 secondes après, une infirmière arrivait. Immédiatement, elle augmentait la dose de morphine.

Puis, comme un rituel, les médecins, tous les deux ou trois jours, demandaient à nous parler et c'était, à chaque fois, une appréhension quasi-insurmontable, une sourde horreur qui nous brutalisait, nous fouettait le cœur jusqu'à la nausée. Leurs mots nous cisaillaient, chaque syllabe, comme des griffes, s'enfonçaient en nous, éventrant un peu plus la blessure déjà béante. Ils nous renseignaient sur l'état de santé de notre Mère, qui ne pouvait pas s'améliorer... Parfois, naïvement, parce que les miracles ont existé et sans doute existent encore, nous avons imaginé, pensé, espéré qu'ils allaient nous annoncer une rémission extraordinaire, mais non, c'était toujours le même discours.

Tous les jours, des amis de C. et de Maman venaient. Tous les jours ! Tous les jours notre père et M., notre grande sœur venaient. Comme la chambre était petite, nous nous relayions en nous installant dans les petits salons si agréables. Nous buvions du café, du thé, comme si nous étions chez nous. Et Maman, qui a toujours adoré être entourée, était juste ... heureuse.

Puis, est arrivé dans la chambre en face, un homme, déjà dans le coma, accompagné de sa femme et de sa fille. Rien de très inattendu, jusque-là, si ce n'est que cette famille était de confession juive, Séfarade, donc de culture méditerranéenne, comme nous (Maman de Sicile et papa d'Algérie).

Et de ce terreau commun va s'organiser une vie quasi-familiale entre tous les membres de cette famille, les membres de leur communauté et nous. On se comprenait et dans notre malheur et dans notre culture. Comme des émigrés, des clandestins de même origine qui s'entraideraient dans un pays aux codes et aux valeurs inconnus. Nous, mes sœurs et mon père, les avons accueillis en tant qu'habitués du lieu - antichambre de la mort - et déjà familiers du sentiment obscur et indéchiffrable qu'est l'attente, autre antichambre, de l'issue redoutée et non intégrée. Meurtris comme eux dans leur quotidien, bousculés dans notre relation à l'être tant aimé et condamné, désordonnés dans nos espoirs désespérants et désespérés, nous subissions ensemble cette suspension dans le temps. Ce lien culturel a été, incontestablement, un plus dans cette atroce tranche de vie : la fin inéluctable et éminente, la mort avec sa toute puissance, face à notre misérable condition humaine, ce prochain avenir dont nous ne connaissions rien et qui se rapprochait implacablement, de seconde en seconde.

Chaque jour était un jour de plus avec notre chère Mère, mais aussi un jour de moins. Ce fut un constat terrifiant. Cette réalité, vraie pour chacune et chacun d'entre nous, a pris sens et poids dans cette situation où, enfermés, coupés du monde, nous nous tenions bravement debout, dans un face à face inique avec Elle, la mort dont on ne sait rien. Jamais le temps ne nous a paru autant volatile. Dans cette course inégale, nous nous épaulions cette famille et nous. Dans la salle de vie, nous partagions, autour de la table de salon, nos interrogations, nos désarrois tout en mangeant de la brioche traditionnelle et en buvant du café. Ce n'était pas seulement un moment de répit, c'était se retrouver autour d'une culture commune, avec cette convivialité méditerranéenne qui nous unissait dans cet univers étranger, quelque part hostile, hors de nos maisons, du cours de nos vie, vie qui se résumait à ces murs d'hôpital. Tous ensemble et pourtant chacun seul. Seuls ensemble, comme tout le monde finalement. Mais dans ce contexte, toute philosophie, tout adage étaient exacerbés et épousaient complètement, pleinement chaque mot. Chaque mot remplissait parfaitement son sens, chaque mot ciblait parfaitement le sentiment. Quand la conversation prenait d'autres détours, il y avait toujours quelque chose qui nous amarrait à cette berge, des yeux égarés ou un échange poignant de regards, des doigts qui se tordent. Nous parlions d'autre chose mais inexorablement, telle la marée qui ramène son écume, l'atroce réalité de notre présence là, ici, ensemble, autour de cette table, nous rattrapait, nous ramenait et nous traînait à ses pieds.

Et Maman dans tout ça ? Que savait-elle, que pensait-elle, que croyait-elle ? Maman a toute sa vie craint d'avoir un jour un cancer. Voilà pourquoi nous l'avons préservée de cette vérité. Mais maintenant que le tourbillon infernal dans lequel il a fallu se débattre tous les jours pour tenir debout et faire face coûte que coûte à tout ; aux émotions d'espoir et de désespoir qui creusaient en nous un sillon, une ride, qui nous essoufflaient ; au quotidien pour C. et moi qui vivions sur place, moi, qui gérais à distance l'affaire que mon compagnon et moi tenons, et qui, étant aussi professeur de danse, maintenais le contact avec mes élèves, maintenant que le tourbillon s'en est allé, nous laissant pantelants, je sais que Maman savait. Et pour nous protéger, comme elle a toujours fait, elle a fait semblant de croire qu'elle rentrerait chez elle. Comme je l'ai déjà dit, Maman adorait cuisiner, et elle m'a transmis cette passion, aussi, me parlait-elle des futurs plats qu'elle souhaitait que je lui fasse, à sa sortie d'hôpital. J'ignore le regard que j'avais mais je sentais qu'il la pénétrait. Et je répondais juste un "d'accord Maman, je ferai le minestrone italien". Sans plus. Or, Maman me connaissait expansive et enthousiaste. Je ne pouvais, à l'instar de mes sœurs, donner le change. Je ne voulais pas forcément qu'elle sache clairement mais je ne voulais pas jouer cette comédie. Nous pensions la maintenir dans cette ignorance mais comment expliquer alors qu'elle réclamait certaines personnes qu'elle n'avait pas revues depuis longtemps, que mes amies de longue date qui connaissaient bien Maman se déplaçaient de loin pour lui rendre visite. Comment s'expliquait-elle que depuis le 1er septembre, j'avais laissé en suspens ma vie en Charente-Maritime et aussi mes élèves de danse qui attendaient depuis la fin des congés annuels, la reprise. Comment s'expliquait-elle que ma petite sœur C. s'était arrangée avec son employeur pour bénéficier d'un congé exceptionnel ? Seule la gravité de sa santé aurait pu nous faire tout arrêter. Comment comprenait-elle que mon père s'enferme avec elle et lui fasse sa confession des années passées ensemble, des années difficiles. Maman nous demandait, parfois, pourquoi il ne se passait rien. Que des soins, mais pas d'opération ? On lui disait que c'était normal, que son état ne nécessitait pas d'intervention.

Un jour que Maman et moi nous sommes retrouvées seule dans sa chambre, ma main dans la sienne, elle m'a dit :

- J'ai peur ma fille

- De quoi, Maman, as-tu peur ?
En soupirant d'exaspération :

- Hé bien, de mourir !

Je n'ai pas répondu " mais qu'est-ce que tu racontes, voyons" !

- Qu'est-ce-qui te fait peur dans la mort Maman ?

- De vivre sans vous, mes filles !

- N'aie pas peur Maman.

Je l'ai embrassée.

Et j'ai pensé : c'est nous, en l'occurrence qui allons vivre sans toi Maman.

Nous nous sommes regardées. Puis, elle a frappé du plat de sa main droite sur les draps "Bon, pour Noël, je veux que l'on fasse la Pastachouta avec de la ricotta, comme on faisait en Sicile, quand j'étais petite". Tout a été dit dans ce non-dit. Et le courage de Maman m'a bouleversée, et je continue de l'admirer par-delà la mort. Elle a affronté cette attente, avec nous près d'elle, certes, mais seule dans ses pensées, ses peurs, son cœur, sans jamais évoquer cette mort maintenant très proche, seule face à l'immensité qui la convoitait, seule, pour nous protéger. Seule, sans jamais en parler, devant tant d'interrogations, sans doute ! Pourtant, elle savait que nous savions.

Les journées se sont écoulées ainsi, entre les médecins dont nous redoutions les entrevues, entre les amis qui venaient chargés de fleurs, de gâteaux, ma grande sœur, papa et, dans la chambre d'en face, les visites de nos voisins d'infortune, très denses et nombreuses qui venaient grossir le flot des visiteurs, qui se croisaient dans le petit salon vert et la salle de vie. Nous animions considérablement l'ambiance de cet hôpital, ordinairement silencieux et feutré. Le personnel était effaré. Un jour, un des membres nous a dit, "il y aura un avant vous (les deux familles) et un après ". Ils n'avaient jamais vu une telle concentration de gens, de vie aussi... dans ce centre de fin de vie.

Tout le monde souffrait, pleurait, s'épuisait chaque jour et pourtant, pourtant, nous gardions toujours une certaine forme d'humour, parfois à des moments incongrus, même critiques. Je me suis toujours interrogée sur cette source intérieure qui cherche et trouve toujours son chemin, même dans le désespoir, l'irréparable, l'imparable. C'est sans doute la magie, la force de la vie pour qui a la chance de pouvoir la déceler, la dénicher dans les cas extrêmes. Oui, il y avait un relais entre l'humour et le cartésien, l'humour et l'émotion. Et c'est dans doute grâce aux rires et sourires que nous avons pu supporter cet inéluctable.

Et puis, une des plus difficiles épreuves, je dis bien "une", car bien sûr, il y en a eu d'autres, fut la décision que je pris, un matin, de charger M., ma grande sœur, de contacter différentes pompes funèbres afin de commencer à réfléchir sur les différents choix qui nous seront proposés. Aussi, lorsque je réunis mes deux sœurs et mon père dans un des petits salons, laissant nos amis auprès de Maman, et leur fis part de ma requête, ce fut la stupeur générale. C. était horrifiée, mon père était ahuri et M. interdite. Quant à moi, j'étais déchirée. Maman était à côté, complètement vivante, très fatiguée mais vivante, avec nos amis. Nous sortions, rentrions, rions, donnions le change, et là, dans ce salon, j'enterrais ma Mère.

Oui, ce fut une épreuve terrible pour moi. Mes sœurs n'ont su que dire "Tu n'y penses pas ? "
Hélas !
Papa ne dit rien.
Je sais qu'en formulant cette demande, je concrétisais avec des mots, avec les devis à venir, l'impossible, ce qu'on ne voulait à aucun prix ; la mort imminente de notre Mère. Je sais que, tout comme on malaxe de la pâte à modeler, en faisant entendre ces paroles, je donnais

vie à ce que l'on taisait, à ce que l'on ne prononçait jamais. Ma démarche leur a sans doute semblé trop rationnelle et peut-être, m'ont-ils, de fait, entrevue, le temps d'un instant, dénuée d'émotions. Mais bien sûr, ce n'était pas le cas, chaque mot m'écorchaient les lèvres. Je n'étais pas dans le déni. Rien maintenant n'allait sauver Maman et nous sauver. Les convaincre fut aisé. Allions-nous courir partout et dans l'urgence dès le décès de Maman, alors que nous serions pétrifiés, paralysés ? Le pire fut effectivement lorsque M. vint, quelques jours plus tard, avec des devis, des photos... Nous étions, toujours dans ce salon, et nous tenions les feuillets à la main, pleurant tout ce que nos corps pouvaient contenir de larmes. Maman était à quatre mètres, nous attendant. Comme précédemment, nos amis lui tenaient compagnie. Nous étions, tous les quatre, hébétés. M. pleine de courage qui tâchait de garder toute contenance, ouvrait différents dossiers, différentes maisons funéraires... Et nous, nous ne voulions "juste pas" que cette scène existe, nous voulions qu'elle s'anéantisse, qu'elle se dilue dans le temps, l'espace. Je crois bien que je voulais mourir aussi. Je n'aurais jamais cru qu'un jour il me faudrait choisir la pierre tombale de Maman, encore vivante. C'est une cruauté insoutenable. Et pourtant, la vie extérieure, la machine, le rouleau-compresseur, nous rattrapent, il y a l'amour, la mort, la peur, la souffrance, la vie intérieure et il y a l'administration qui nous talonne, qui nous encercle, et qu'il faut gérer de toute façon, quel que soit notre état moral.

Maman était sous morphine, ce qui la rendait vaseuse. Nous communiquions de moins en moins. Puis, quasiment plus, puis plus du tout. Aussi, lors d'une des convocations des médecins, nerveuse de ne plus pouvoir parler à Maman, je demandai s'il n'y avait pas un autre moyen pour soulager Maman que ces doses massives de morphine qui la coupaient de nous. Avec beaucoup de précaution, on m'a répondu que ce n'était pas la morphine qui était à l'origine de l'état de Maman. Et on n'a rien rajouté d'autre, comme le jour de l'annonce, le 16 septembre, laissant notre esprit compléter le vide de leurs mots. Maman est entrée dans le coma ? Le médecin a répondu d'un hochement de tête. Mon cœur s'est instantanément vrillé. Mon sang, tout. Ma tête a semblé pesé atrocement tant je l'ai laissé tomber entre mes genoux. Nous avions amorcé le dernier virage et nous étions sur la pente abrupte et brutale. On y était. Maintenant, tout allait aller très vite. Oui, Maman était dans le coma et je n'avais rien vu. Nous n'avions rien vu. La tête penchée sur son oreiller, les yeux désormais fermés, elle respirait ses derniers moments de vie. Et nous, qui vivions avec elle, la regardions, lui parlions, l'embrassions, lui massions les pieds, nous allongions parfois sur son lit, son bras autour de nos épaules, calées, collées contre ses flancs, chacune d'un côté. Puisque que nous foncions sans respirer dans ce labyrinthe, je décidai aussi d'écrire l'oraison que j'avais l'intention de lire à l'église. Quelle concentration pénible et douloureuse d'évoquer au passé l'être aimée que je tenais encore, à peine, certes, mais encore par la main.

La violoncelliste est venue jouer son dernier "concert" auprès de Maman. Nous pleurions tous et riions en même temps car, à notre grande surprise, Maman, à travers son coma, a souri tout ce qu'elle pouvait. Elle écoutait la musique, elle entendait et ça lui faisait, visiblement, grand, grand plaisir. Même la musicienne, pourtant habituée, a pleuré devant le sourire de Maman. Elle l'a embrassée en la remerciant. Pour ma part, j'étais mal à l'aise. Je vivais ce moment dans une dualité. J'étais malmenée, dans ma pudeur, de voir se dérouler devant moi cette scène, tout en me réjouissant de voir Maman sourire et entourée. Quel était ce simulacre d'accompagnement vers la mort ? Un vestige de vie auquel on s'accrochait tous, épaules voûtées, yeux baissés, unis, formant un bloc face à l'approche "inarrêtable" de l'inévitable, tous condamnés, tous concernés par la très prochaine collision, qu'on tentait, résignés et effrayés, de conjurer par un brin de musique. C'était un "pas grand-chose" devant l'immensité qui attendait Maman, devant la frontière qu'elle allait devoir franchir seule. Et pourtant, c'était un moment magnifique. Et que faire ou ne pas faire ?

On ne nous a pas appris, en Occident, à côtoyer la mort, à frayer avec Elle. On vit en l'ignorant, en évitant même de l'évoquer, de peur de l'invoquer. Et elle est tout juste le pendant de la vie. On naît avec. C'est elle, notre ombre ! Quelle formidable ironie ! Alors, peut-on juste commencer à s'y intéresser quand elle commence à frémir, s'animer autour de nous ? C'est à ce moment, le dernier, qu'on cherche comment avancer vers elle, aller à sa rencontre. Je me sentais toute petite devant l'Histoire de la vie, l'Histoire qui, là devant moi, abattait la dernière carte de la vie de notre Mère. Et nous, nous jouions du violoncelle pour qu'en musique Maman s'en retire, à pas doux et légers ? C'était tout ce que nous pouvions faire ? Être là, à la regarder, à pleurer et à jouer. C'est comme ça que nous composions avec la mort ? Oui, j'étais heureuse pour Maman, mais devant l'immense tension, devant l'énormité qui se jouait, je trouvais ça si pauvre, si petit. Oui, nous sommes bien petits, devant tout. La merveille de la vie et peut-être la merveille de la mort, nous sommes petits, nous nous débattons comme des insectes pris dans une toile, nous croyons maîtriser, nous avançons, c'est vrai, et c'est remarquable mais devant la Vie, La Mort, nous sommes petits et misérables.

La violoncelliste partie, les amis partis, mon père et ma sœur M. partis, C. et moi sommes restées assises aux côtés de Maman, l'émotion encore palpable dans la chambre. Nous nous sentions ravinées, comme les traces des longues et profondes éventrations provoquées par un soc. Ce soir-là, alors que C. et moi étions penchées sur Maman, à lui parler, à l'appeler, dans une naïve tentative de la ramener à nous - a-t-elle lutté de toutes ses forces - ? toujours est-il qu'elle a pu lentement lever un bras et m'attraper la main, et qu'elle a pu ouvrir à demi ses paupières sur des yeux fuyants, des yeux roulants, qu'elle essayait vainement de fixer sur nous. Nous l'avons mille fois remerciée, embrassée, saluée.

Le samedi 5 octobre –
Une journée en moins –
Je suis assise dans le petit salon couleur saumon près de l'ascenseur, après le long couloir. En face de ce petit salon, à gauche de l'ascenseur, se profilent des chambres. Je pense que c'est plus ou moins la même configuration que l'endroit où nous "vivons". Je vois une famille se soutenir, effondrée, qui se dirige vers l'ascenseur. Je retourne vers la chambre de Maman. Il est aux environs de 17h30-18h00. Soudain, des cris, des pleurs, des cavalcades. Notre voisin. Sa fille se jette sur le sol en appelant sa mère, qui arrive en courant. C'est une scène indescriptible. Le mari

tente de relever sa jeune épouse, qui dans son désespoir, reste obstinément au sol, hurlant sa détresse. Leur petite fille, dans la cohue du choc, est livrée à elle-même. Elle sait tout juste marcher, elle titube et pleure à grands sanglots, de panique. Nous la prenons en charge. Nous faisons de notre mieux pour les aider. Nous étions bouleversés, bien sûr, par ces terribles démonstrations de chagrin. Impuissants, cela va de soi. Les frères, les oncles, les amis arrivent, par dizaines. Les cafés circulent, les prières commencent. Les cris résonnent toujours.

Et moi, je m'assieds dans le petit salon vert, qui fait face à la chambre de Maman et je regarde tout ce monde, tout ce bruit, toute cette effervescence, ce désordre, et je me sens comme un animal qui va à l'abattoir. Un animal qui voit se dérouler devant lui la scène qu'il va vivre. Et je pense que Maman sera la troisième personne de la journée. J'imagine alors la Mort, non pas ce squelette charismatique, presque souriant, revêtant cape et cagoule noire, et portant, comme unique attribut, sa faux à la main, cette icône par trop consacrée de la mort, terrorisante et monstrueuse. Comment survivre, comment trouver le repos, comment essayer de continuer quand on croit l'être aimé, menacé et emporté par cette allégorie sordide, dans les abysses de l'outre-vie. Non, j'ai envisagé la Mort comme une entité de lumière, éclatante, aveuglante de blancheur, venue prendre la main à quelqu'un ou quelqu'une, dans les chambres, là-bas, de l'autre côté, près de l'ascenseur, après le long couloir, long couloir qu'elle a ensuite traversé, lentement, élégamment, ondulante et souriante pour se rendre auprès de notre voisin, qui l'a suivie sereinement. Puis, Elle a attendu quelque part près de nous.

C. et moi, nous sommes couchées. Puis, je me suis réveillée, Maman semblait respirer très fort. Je l'ai veillée une heure, main dans la main, sa tête toujours penchée sur le côté, les yeux toujours fermés. Puis, j'ai pensé qu'il serait peut-être préférable d'essayer de dormir quelques heures.

Ce sont les appels compulsifs de C. qui m'ont sortie d'un sommeil profond. J'entendais "Maman, Maman", puis plus j'émergeais, mieux j'entendais et plus je réalisais. J'ai fait un bond hors de mon lit. Chacune d'un côté du lit, comme d'habitude, chacune tenant une des mains de Maman, C. continuait de l'appeler et Maman respirait de plus en plus fort. Maman s'apprêtait. Elle a pris une grande inspiration, puis une seconde. Une pour ma petite sœur et une pour moi. Puis, elle s'est éteinte. Tout comme nous lui avons donné notre premier souffle, elle nous a donné son dernier souffle.

Nous sommes dimanche 6 octobre – 7h30 -
Ce jour-là, le monde a continué de tourner.
Pas le mien.

"BONJOUR TRISTESSE"

Je me permets d'emprunter le titre de l'ouvrage <u>Bonjour Tristesse</u> de Françoise Sagan pour terminer ces écrits. Je la remercie pour cette expression si évocatrice, si définitive, si et tellement ancrée désormais dans mon existence.

En perdant Maman, j'ai perdu la première personne au monde et la seule aussi, que je n'ai jamais aimée, que j'ai continué d'aimer toute ma vie et que j'aimerai jusqu'à la fin de la mienne, la seule personne au monde qui m'a tout pardonné et la seule capable de m'aimer inconditionnellement, pour toujours, telle que je suis. Comment vit-on quand un tel amour déserte votre vie ? On marche sur des sables mouvants. Soudain, la sensation de solitude prend toute la place, parce qu'elle est réelle. Un amour qui vous tient 50 ans, imperturbable, indéfectible, quoi que vous fassiez, disiez, dont vous pouvez tout demander est un cadeau unique et inestimable. Son absence vous laisse debout, au milieu du vide, hagard. Et chaque jour, le manque d'elle s'enfonce comme une lame dans l'âme. Je griffe ma mémoire pour revoir tous les souvenirs d'enfant, pour qu'ils ne s'engluent pas dans le temps car maintenant, qui d'autre pourra les animer. Il n'y a que moi. Nous étions deux à les connaître. Il n'y a plus que moi.

Je ne vivrai plus jamais comme hier.
Maman n'est plus.
Mais je continue le chemin, comme un émigré qui, déraciné, loin de ses traditions, vit, aime, boit, rit, sourit, jouit de la vie, toujours chevillée en lui malgré tout. Oui, bien sûr, il continue de vivre mais sa terre, pour toujours lui manque, son parfum, son odeur, sa langue. Et tout comme lui, je continue de vivre mais j'ai toujours froid.

Pourtant, une lueur m'accompagne, m'apaise, me gaine pour mieux me maintenir debout. Je me suis retournée mille fois sur ce que j'appelle "l'affaire Maman", ce drame "normal" puisque nous mourons et mourrons tous. Et dans l'ombre de mes pensées, de mes tourments, de mon inconsolable chagrin, à force de chercher des réponses là où il n'y a pas de question, j'ai trouvé. J'ai trouvé où et comment m'accrocher, me tenir, me retenir. J'ai revécu mille fois ces trente six jours au chevet de Maman, et de larmes en réflexions, j'y ai vu les chances immenses et peut-être exceptionnelles que nous avons eues.

Trouver un hôpital de soins palliatifs n'est pas une évidence. Bon nombre de personnes s'est éteint dans un hôpital public. Sans cette disponibilité dans ce centre de fin de vie, Maman s'en serait allée dans l'inconfort et l'effervescence anonyme des bruits d'un hôpital. Pas de manucure, de violoncelliste, de soins personnalisés et rapides, de silence et calme, de salons feutrés pour ses visiteurs, de psychologue pour nous, de salle de vie.

Maman est restée belle jusqu'au dernier jour. Ni décrépitude, ni corps et visage méconnaissables parce qu'amaigris ou ravagés par la souffrance. Nous n'avons eu à nous confronter ni à la déchéance physique, ni à la déchéance mentale de notre Mère. Elle non plus, n'a pas eu à subir ce terrible et dernier combat qu'est la conscience de son amoindrissement. Oui, Maman est restée belle, les yeux pétillants, parlant, riant jusqu'à son coma fatal.

Quelle chance j'ai eue de pouvoir suspendre ma vie pour être aux côtés de la sienne. Oui, d'avoir pu rester à ses côtés pendant un mois et six jours est un cadeau du Ciel. Nous avons pu profiter de tous les derniers instants, lui rendre tous ses soins, tout son dévouement. Maman ne s'en est pas allée seule, ma petite sœur et moi ne l'avons jamais laissée depuis le 1er septembre.

Alors, puisque comme le dit si merveilleusement et si justement une amie - une petite lumière, aussi petite soit-elle, à elle seule, éclaire les plus noires ténèbres - cette petite lueur qui m'éclaire, c'est la certitude que Maman et nous avons été épargnés.

Je marche désormais dans l'ombre, et en boitant, mais le dernier sourire radieux de Maman, ses yeux encore une fois rieurs, et les paroles des médecins "votre Maman est morte heureuse et elle vous remercie" sont autant de lueurs et d'éclats de lumière qui, à mes côtés, font le chemin avec moi.

L'ANNONCE

"Le firmament s'est enrichi d'une nouvelle étoile, puisse-t-elle éclairer mon chemin".

Envoyée à mes amis, le dimanche 6 octobre à 7h30.

Elle m'a été inspirée par Pablo, lorsque sa Grand-Mère maternelle s'en est allée le 26 juin de la même année : "il y a désormais une nouvelle étoile dans le ciel" a-t-il dit à sa mère-mon amie Sophie.

Et Sophie, orpheline tout comme moi de sa Maman, ma sœur d'infortune, comme elle dit, nous a écrit cette si magnifique phrase "Nous savons désormais pourquoi le firmament s'appelle ainsi".

L'ORAISON FUNÈBRE

Le proverbe dit "Ne pleurez pas parce qu'elle vous a quittés mais réjouissez-vous parce que vous l'avez connue ! "Et c'est ainsi que nous allons désormais vivre, se réjouissant, vous, les amis de Maman de l'avoir connue, papa, qu'elle fut sa femme, et nous, ses trois filles, qu'elle fut notre Mère.

Si je devais décrire Maman, un seul mot la résumerait : rondeur !   Rondeur de ses bras ouverts nous accueillant, rondeur de son cœur, de ses mots, la rondeur de sa générosité, énorme et absolue. Bien de nos ami- e- s l'ont considérée, la considèrent comme une seconde mère, tant elle a ouvert sa porte et offert son épaule. Pas de grandes phrases, pas de grandes analyses psychologiques, mais du thé, des gâteaux, des bricks et multiples plats odorants, colorés qui nous taquinaient les papilles, nous poussant à la gourmandise malgré notre chagrin du moment. C'est comme ça que Maman a guéri tant de larmes, tant de peines, par la chaleur de son accueil, du nid qu'elle a construit, douillet, chaud, sécurisant. Et comme elle avait raison, tant il est vrai que nourrir, c'est redonner la vie. Et elle l'avait bien compris dans sa simplicité de Mama italienne. Oui, comme je l'ai déjà dit, c'était, c'est une seconde maman pour beaucoup et nous sommes heureuses, tellement heureuses qu'elle fut et reste notre Maman, à nous.

Nous sommes aujourd'hui ce qu'elle a fait de nous. Et nous la remercions pour nous avoir insufflé, au-delà de la vie, l'étincelle de la vie, le bonheur d'être, sans lesquels la vie se traîne lamentablement. Elle nous a donné le goût d'exister pleinement, avec force et vigueur. Nous la remercions pour cette sève puissante qu'elle nous a transmise et qui nous maintient droites et debout, parce qu'elle-même était d'une grande force et d'un grand courage. Et qu'elle l'a encore prouvé !

Nous sommes trois filles et avec notre père, nous sommes les rayons d'une roue dont le centre est Maman. C'est notre famille et nous avons avancé en gravitant autour d'Elle, liés à Elle et entre nous, par Elle. C'est notre famille et sans elle, nous allons vivre bancals. Pourtant, en nous, Elle est pour toujours. Comme dit mon compagnon, nous allons la continuer par nos gestes qui sont les siens, par ses recettes, ses enseignements.

Oui, nous allons la continuer.

Maman, nous avons eu le bonheur exceptionnel, dans ce drame, d'avoir pu te tenir la main jusqu'au bout de ton chemin de vie terrestre, et maintenant, je sais que de ta vie céleste, tu tiendras la nôtre jusqu'à nos retrouvailles.

Vorrei dire Mama che la vita com te, la cuccina, la spesa et tutti fruti è stata formidabile, bella, bella, bella. Graziè mille Mama. Noi te miamo, Mama, noi te miamo !

L'EPITAPHE

" Toutes les rosées de tous les matins,
Sont autant de larmes que notre chagrin"

Ta fille, Baba

REMERCIEMENTS

Je souhaite de tout mon cœur remercier ma petite sœur Christel pour son infaillible fidélité, ma grande sœur Mimounia pour son énergie et courage, mon père pour sa foi, mon compagnon Serge et sa fille Angélique pour être venus à plusieurs reprises de Charente-Maritime à Paris pour me soutenir et rendre visite à ma Mère. Je les remercie aussi pour avoir passé une partie de la nuit du 9 octobre au 10 octobre, à préparer des toasts et décorer la salle de réception en vue de l'enterrement de ma Mère. Tous mes remerciements à Katia et mes élèves et aussi amies - de danse - pour m'avoir patiemment attendue et accueillie avec pudeur, pour leurs appels, leurs textos d'encouragement et de soutien, pour les courriers, pour les fleurs qu'elles ont envoyées. Je remercie tous mes amis, de Charente-Maritime (Jean-Christophe, Jean-Jacques ...), de Charente (Nicole, Nadia, Lysiane, Marie-jo, Jean-Marie...), de Paris (Yaël...), de Ris-Orangis (Viviane...) , de Draveil (Sophie, qui a perdu sa Mère au mois de juin et qui est quand même venue aux obsèques de la Mienne), de Juvisy (Jean-Michel), du Coudray (Renaud), d'Arpajon (Farida), de Marseille (Réda, Mina...), de Toulon (Patricia), de Toulouse (Geneviève, Didier, Frédéric), de Verdun (Mina), de Troyes (Carine), de Resson (Evelyne), de Suisse (Didier et Bruno), d'Allemagne (Hedda et Reinke), d'Angleterre (Greg, Candice, Dee, Alan...) de partout et pardon si j'en oublie. Je remercie Julien et Samira qui ont fait un aller-retour Charente-Maritime-Paris pour embrasser ma mère, une dernière fois. Je remercie Stéphanie qui était à peine dans ma vie et qui, pourtant, s'est montrée très présente. Je remercie les amis de mes sœurs (Shérifa et son fils, Cécile, Sally, Benoit, Denis, laurence...), les amis de mon père (Fati...), ceux et celles de ma mère (Nicole...) qui sont régulièrement venus à l'hôpital et qui, le jour du décès, le dimanche matin, sont, pour une bonne partie, venus nous épauler ma petite sœur et moi. Je remercie Michel N. qui est revenu dans ma vie pour me soutenir à coup de textos plein d'amour et de tendresse, et sa sœur Jocelyne que je méconnaissais. Je remercie les professeurs, médecins et personnel de l'hôpital public de Paris et de l'hôpital de soins palliatifs qui nous ont autorisées, ma petite sœur et moi, à veiller notre mère jour et nuit, qui ont été prévenants et bienveillants. Je remercie Magali qui, malgré sa grossesse, est venue régulièrement pour être juste à mes côtés. Je remercie Nadia qui a corrigé cet ouvrage, qui m'a guidée et encouragée, qui m'a donné beaucoup de son temps précieux sans rien attendre en retour. Enfin, je remercie la vie de m'avoir entourée de si belles personnes qui m'ont tenu la main et continuent de la tenir.

Cet opuscule resterait inachevé si après avoir, de tout cœur, remercié tous ces humains magnifiques, j'occultais leurs négatifs : mes prétendus amis et amies - qui connaissaient très bien ma Mère, au demeurant - et qui ont eu l'impudeur et la médiocrité de parler de leurs maux bénins du moment, se répandant en jérémiades et pleurnicheries pour finalement, après s'être complètement déversé, se rappeler le contexte de notre échange ; qui ont pensé que c'était le moment pour faire rejaillir leurs rancœurs - que j'ignorais - dus à des malentendus vieux de plus d'une année ; qui m'ont oubliée au lendemain du décès de Ma mère pour se rappeler à mon bon souvenir quelques mois plus tard, par un appel ou mail enjoué, enthousiaste, plein de leur vie sans un mot pour ma Mère ; pour les "moi aussi, j'ai des problèmes de famille", pour les "c'est dans l'ordre des choses"... ; les amies de Ma mère qu'elle a tant et tellement accueillies chaudement et qui ont pensé superflu de poser une matinée pour se rendre à ses obsèques et ne sont donc pas venues, ni envoyé de fleurs ; pour sa tante que ma Mère chérissait et qui n'a pas eu un mot, une fleur et qui bien sûr, ne s'est pas déplacée non plus.

Il me faudra sans doute encore beaucoup de temps pour passer outre, même si je nourris à leur égard un début de compassion. Je les plains de devoir vivre avec si peu d'amour en eux.

Les fleurs ont fané

Les fleurs ont fané dans ton absence.

Je marche dans ce monde où tu n'es plus. Surpeuplé mais sans toi !

J'ignore si tu m'attends, mais je t'espère. Je voudrais m'emporter vers toi ou te ramener vers moi.

Je n'entends plus ta voix que dans un écho ancien qui s'amenuise lentement dans ma mémoire. Quand il n'y sera plus, que vais-je entendre, sinon le tumulte de la vie ?

Comment vivre quand, lorsque je t'appelle, le mot "maman", ce premier mot de mon existence, celui qui m'a amenée à la découverte de la parole, et par là-même du monde, comment vivre quand, lorsque je t'appelle, ce mot originel et sacral, s'égare sans jamais te trouver, sans jamais te rejoindre.

Comment continuer à exister amputée de ce mot ?

Je cherche ton odeur dans tes robes suspendues, dépourvues de toi. Et l'odeur aussi s'en est allée. Que me reste-t-il ? Le verre des cadres où tu transparais sans jamais apparaître ? Sur lequel mes doigts glissent sans jamais pouvoir t'atteindre ?

Alors je suis seule désormais ? C'est définitif ?

Le cordon s'est bel et bien coupé.

Est-ce aussi l'œuvre des Parques ?

Chaque soir, quand la nuit s'est complètement investie partout alentour, je m'assieds devant l'autel qui t'est consacré. Je regarde, sans jamais me lasser, les quelques objets qui désormais te résument ; ta trousse de toilette, ta brosse, ta tasse, ta paire de lunettes, trois biscuits - les derniers cuisinés - précieusement conservés dans une boite. Ces quelques vestiges, chaque nuit répertoriés, caressés, humés, ces quelques vestiges sont tout ce qu'il me reste de toi pour te continuer. Comment est-ce possible ? Assise devant ton autel, dans le silence de ma souffrance, attentive, dis-moi ce que j'espère, ce que je dois traduire du moindre bruissement ?

Sont-ce tes pas qui résonnent ou mon cœur qui s'emballe ?

Chaque soir, j'allume de l'encens sur ton autel, près du bouquet de fleurs chaque semaine renouvelé, et je fixe les volutes de fumée parfumées qui montent, vers le ciel, là où tu es, dit-on ! Chaque nuit, par ce geste, je veux croire qu'il me lie à toi, que tu me vois et que toi aussi, de l'autre côté, tu attends ce moment de communion. Et à chaque fois que je souffle la bougie qui éclaire ton autel, chaque fois, j'ai le sentiment de t'éteindre à nouveau à la vie, à la lumière, encore et toujours.

Les fleurs ont fané dans ton absence éternelle.

Je suis entrée dans l'ombre. Je suis si lasse, tu ne me portes plus. Je dois continuer mais dis-moi où aller si tu n'y es pas. On me dit que tu es partout mais tu es tellement nulle part.

Je me tourne, me retourne, toujours sur le vide. Le vide de toi, d'un seul coup. Brusquement. Et je n'ai pas eu le temps de comprendre que j'allais me retrouver sans toi. Et je ne comprends toujours pas que tu n'es pas là. Et je ne sais pas faire sans toi. Je n'ai pas appris. Et maintenant ? Je suis désarticulée, comme une marionnette que l'on a déposée et oubliée. Aveugle et sourde au monde. En moi, le froid. C'était ton amour inconditionnel qui m'irradiait. Maintenant, je le sais.

Je ne porte plus de bijoux, leur éclat fait plisser mes yeux.

J'ai perdu le goût de m'habiller, l'élégance me semble un déguisement.

Je n'ai plus arrosé les plantes, je ne voulais pas qu'elles te survivent.

Et la nuit, tel un somnambule, je déambule, en tâtonnant, à ta recherche, et je sais que je profite de l'obscurité pour te réinventer.

Et le jour, tel un funambule, j'avance en vacillant, déséquilibrée par le manque de toi.

Nous étions deux à avoir les mêmes souvenirs de moi-enfant, et maintenant, il n'y a plus que moi. Et tu étais l'unique à avoir des souvenirs de moi-bébé, ils ont disparu avec toi. Je suis en partie effacée, gommée, bancale puisque le début de ma vie sur terre n'existe plus dans aucune mémoire désormais.

Je ne reste pas seulement seule sans toi, je reste aussi sans ton amour indéfectible, sans pilier contre lequel me reposer pour reprendre mon souffle, sans refuge pour me soustraire, parfois, au monde.

A qui se fier entièrement, sans ombre, sans doute ? Qui peut porter sans faille ma confiance absolue, sinon toi ? Ainsi, je suis désespérément livrée à ce monde incertain, instable, confus et terrifiant sans plus aucun havre de paix, jamais.

J'ai toujours cru qu'on était intrinsèquement seul, en tant qu'individu, en tant qu'être humain. Mais en te perdant, je sais désormais que c'est maintenant que je suis seule. Tu as porté tous mes chagrins, tous mes déboires, tu as encensé toutes mes petites victoires, tu as pardonné et même aimé mes défauts les plus vils, tu t'es impliquée dans chacune de mes nouvelles passions, m'encourageant et m'accompagnant. Non, je n'étais pas seule, Maman. Tant que tu as marché à mes côtés, je n'ai jamais été seule.

Les fleurs sur ton autel se meurent chaque semaine, sans répit, comme pour me rappeler que ce qui est, ne sera plus, que ce qui a été, n'est plus, que tout doit, un jour, flétrir, passer, mourir.

Les fleurs ont fané et les fleurs continuent de faner.

Mais, je suis danseuse.

Alors je danse avec, serré contre mon cœur, un bouquet de fleurs fanées.